光の穂先

大衡美智子歌集

現代短歌社

序歌

菅原義哉

飾るなき君の生き方は窮ならず凝縮されて燦とかがやく

頸髄損傷四肢麻痺の夫を看取りつつ立ち居振る舞いに涙をみせず

立ちはだかる喜怒哀楽を往《い》なすさまその感性
を他人《ひと》は羨《うらや》む

目次

光の穂先

白き光

すんすんすん雪割草の芽が伸びて歓喜の歌を歌ってる　ほら

あの白い靴をください一歳の足が桜の下歩むため

新キャベツ洗いし水にやわらかに溶け出している若みどり色

写メールに届きしクロッカス福寿草ひとり住む娘の庭に咲きたる

最上川の源流なると春山に白き光の帯がかがやく

新しき命生まれている気配ぶなの林はみどりのベール

春の虹

この先は行くなと小石並べあり雪解けの水の音が聞こゆる

目立つ物大きく振れと捜索のヘリコプターが繰り返す声

蔵王峰を跨ぎてかかる春の虹熊の夫婦となりて見ている

飛び来たるビニール袋芝の上を白き仔犬となりてころがる

月山の蕗の薹栗駒《くりこま》山の蕗の薹ほのか異なる香り味わう

ぶた草も杉の花粉も宙を舞い涙でるほど眩し春の陽

鐘楼も絵馬売る人もかえるでのみどり若葉の光に濡れて

春の雨

抱かれて木陰に眠るみどり児も蒼きひと粒の死の種をもつ

わが墓の立つべき小さき区画にも春の細かき雨降りいたり

一匹のへっぴり虫を吸い込みて掃除機が臭気をまき散らしゆく

決して決して怪しい電話ではござらぬと前置きをするだから怪しい

アスファルトの亀裂に咲けるすみれ草残して団地の草取り終わる

一年の任期終わりてほっとして別れさみしき四人となりぬ

折り畳み傘

イヤホーンよりかすか洩れくる英会話朝の小鳥のさえずりのよう

花蘇芳隣家に見えて羨しかり少女の笑う声が聞こゆる

グーグルに映し出されているわが家椿の赤き花咲きており

哀願とも見ゆる雄鳩の求愛の姿かなしくなみだぐましく

人間も交尾するのかとおさな問う泣きだしそうな表情をして

嘘泣きもすべしこの夜も青白き炎となりて猫は出でゆく

折り畳み傘に折られて畳まれて来たる昨日の弘前の雨

駆けて来し藍色の傘樹の下の緋色の傘を連れて行きたり

メランコリック

間違いと切られし電話の声たしかいつかどこかに聞きしソプラノ

昨晩の嵐に飛びし表札を白き花びらの中より拾う

小糠雨佇む豹の目に降れりおまえも今日はメランコリック

しなやかに象の二本の鼻絡みゆうらゆうらとたゆたう時間

「落ち着いて話し合おうぜ」わが前にゴリラ・ブルブル胡坐をかきぬ

猿回しの猿の次郎と写りたるわれは次郎の子分のごとし

皇居前広場にひらく弁当のしゃけの切り身にぽつり雨粒

睡蓮の花咲く沼にしずむ雲かの世につづく扉と思う

雨の日は薄き翼をもがれたる貝殻骨のあたりが疼く

血縁のだれか尋ねて来る音か草に椿の落ちたる音か

一世の涙

母の口に粥注ぎつつわたくしの口も思わずひしゃげてしまう

滴れる至福のごとき母の尿琥珀の色を深めて溜まる

乳癌の傷痕母のケロイドが苛むわれの罪のごとくに

消灯に母は泣きだしとめどなく一世の涙あふれてやまず

痛み止め打たれて眠る母は海真昼しずかにわがさざれなみ

あと五日の命と告げし体にも医師はあたらしき管を射すのか

癒ゆるなき証のごとく母の手を握りて見舞いの人帰りゆく

母とわれの手首を繋ぐ紐すこし弛めて莫蓙に体横たう

白き幕

窓に雪・雪・雪　白き幕引かるふたたびひらくことなきまぶた

献体をせよと言われていたること弟もわれも口には出さず

わが死者のいかな秘めごと知る花かうなじを垂れて咲ける白百合

雑魚寝する頭跨ぎてだれかまた棺の傍に泣きにゆくらし

母を焼くかまどを火夫が覗きしとき残り香のような炎が見えぬ

黒ずめるところ病巣とだれか言う母の形に残るしらほね

すめらぎの崩御に半旗掲げある街を通りてなきがら帰る

牡丹雪生まれて消ゆるあわあわと信じてみたし輪廻のことも

編みかけの若草色のセーターが亡母の箪笥に片腕のまま

わが住所電話番号書く紙片たたまれてあり亡母の財布に

笹団子

西窓の下にどくだみ生い茂る十字の花は薬の匂い

産み終えしおみなのごとき夏椿今年も千の花を咲かせて

なつかしき人がひそかに呼ぶ声す桃の香匂う仏間にいれば

海の辺のニセアカシアに生れし風墓に朝の潮の香降らす

笹団子今年も届く母ありし時と変わらず五月が来れば

この闇の奥にも闇はあるらしいついてくるなと螢は言いぬ

ぶくぶくぱーぶくぶくぱーと呼吸する度にプールにこぼるる涙

向い家のブーフーウーが板塀にボールぶつけている夏休み

長春

長春は三十八度の暑さという空港に二本の緑茶買い足す

機の下の真ん丸い虹下界より投げ上げられしフラフープかも

偽満皇宮博物院を巡りゆく中国人きみと言葉少なに

彼には二元われには十元に売られたるアイスキャンディー苦きほど甘し

三本のペットボトルが配られぬ天山山脈の水を詰めたる

手に掬う砂の細かさ昔日の失意の僧の骨も混じるか

自らを励ますように立ち上がる駱駝の首を見下ろしており

魔法の言葉

ゆるやかな駱駝の歩みわたくしは貢のように運ばれてゆく

遠くまでたましい売りに行く心地駱駝の背に揺られてゆけば

「ありがとうはラハメットだよ」「ラハメット」魔法の言葉唱えつつゆく

香辛料の匂いの満つるバザールに転がっている羊の頭

被りたるブルカの下に凝視する女の眼炎をもてり

たどたどしき日本語纏りついてくる「白檀の扇子買え翡翠のピアス買え」

うすくうすく北京ダックは削がれゆく日本人われらが召し上がるため

口髭

わが分の声まであげて泣く人をなぜに私が慰めている

仰ぎ見る遺影のきみの唇が冗談だよと言っているよう

在りし日のことはほのかにあまやかに語られており弔詞の中に
しろがねの死者の口髭少しずつ柩の中に伸びているらし
笙の笛ほそくひびかせ流れゆく小舟は死者のたましいのせて

「顕つ」の語に反発したる私の嘆きの淵に師は顕ちたまう

傍らのインコもさびし逝きし人に教えられたる口笛を吹く

サルビアかサルビヤかと師は問いましぬ　血潮の色に咲けるサルビア

窓を打つ風のかたまりかの人が訪い来し音か激しくなりぬ

一本の煙草が供えられてありわが小指かとふと思いたり

生来の頑固者よと言いたげな楠の孤独を見て去りがたし

白き花びら

すみれ咲きおどり子草咲き水引草咲きぬ去年の落ち葉の上に

いしぶみの面の雨が乾きゆくラップフィルムがめくれるように

深呼吸せよと聞こゆる紫陽花のほとりにあわくおもかげは顕つ

半夏生咲きたる水辺会いたくば連れてゆかんと灯心蜻蛉

自壊してゆく岩ならんさえざえと白き花びら流るる下に

夕の陽に片側つよく照らされて丘のいしぶみ聖のごとし

光のマント

最終の電車に乗ると駈けだせば風船かずらポケットに鳴る

一村を見渡す丘の上を飛ぶあんぱんまんの光のマント

創立百周年記念と刻む碑に翅を休めるしおからとんぼ

板塀にぽこりと空ける丸き穴だるまストーブありたる名残

九時十分に時間止まりし廃校の上を流れてゆくひつじ雲

下駄箱に二足残れるスニーカー月夜に駈ける座敷童の

石灰のうすく残れるグラウンド窓下に咲くぽんぽんダリア

炎天の校庭閑か乾びたる鴉平たく貼りついている

化石のごとし

モーツァルトをベートーベンをハイドンを洗濯鋏に吊るす教室

色褪せし地球儀回す赤色に塗られて傷むここが日本

山峡の村の鎮守の春祭り昼の花火が轟きわたる

若葉かげゆれて雄々しき春楡の明治大正昭和平成

分校のありたる丘に枯れながら向日葵立てり化石のごとし

わが折りし紙飛行機はジャングルジム越えて林檎の畑を越えて

生きるとは立つこと老いし白樺が朝の光に輝き始む

偏屈と言わるるるも頑固つらぬきて立つべし樵は立ちつくすべし

光の穂先

みっしりと霜をまとえる蜻蛉に近づいてくる光の穂先

吾が去るをじっと待つらし象虫は紫陽花の葉に死んだふりして

わが庭の借景として立つ欅かなかなの声に鳴きたてている

張り替えし芝生の中にゆれている踊り子草の淡きむらさき

段ボール畳み機ゴミの分別機その運搬機いそがし夫の手

オレンジがのみどを下るかろやかに水琴窟の音色響かせ

仰向けのわが胸板に器具並べ歯医者が顔を近づけてくる

棺桶に似たる腰痛治療器に首出す男はたと目を開く

ポケットに塩飴ひとつあることを力となして歩むふたたび

森公美子の声量豊かゆさゆさと金色の髪背中にゆれて

君が代

三万人で歌う君が代ばらばらと落ちては来ぬか張り詰めし空

本土の人とわれは呼ばれて沖縄の国際市場にウミヘビを買う

乾燥のウミヘビ伊良部汁にすと切り刻みゆくレシピのとおり

湯がかれて蛇の鱗が立ち上がる恍惚として怒れるごとし

ウミヘビのこれがスープよウミヘビの頭は蛇年のきみからどうぞ

活き作りの槍烏賊皿にくねりつつ天ぷらにすと運ばれてゆく

持てる国持たざる国という言葉思い出したり南の島に

口紅を押さえしティッシュペーパーに今朝の決意の形が写る

「くたばれ教官」机に彫られいる文字の上なぞりゆく赤鉛筆に

しかと耳が「ジャップ」と聞きぬ　一週間のカナダ旅行のすべてとなりぬ

いつよりか胸の奥処に自生して鋸草の葉は茂りゆく

心因性胃潰瘍とは自分にもちゃんちゃらおかしい病名つきて

息つぎ

山百合が科の香りに匂いたち朝な夕なにわれは苦しむ

ひと房のマスカット置きてその翳を眺めていたき白き大皿

「息継ぎなどあるときひょいとできるもの」そのあるときのひょい早く来い

水中の脚はしなやかどの脚も踊りださずにいられぬように

アクアビクスダンスはフォルテフォルテシモもう止まらない私の脚も

あんなに高く跳びあがるなんて若さよねえ頑張りすぎるでないよわが脚

一脚の椅子

誘導の指のとおりに歩み来てすでに修司のたくらみの中

一脚の椅子置かれありその椅子の無数の傷の上に座りぬ

薄暗き机の下を覗き見る時限爆弾隠れていそう

ぎいぎいと軋む修司の引き出しに赤き夕日が仕舞われてあり

「解らない」「好きになれない」「気味悪い」呟く声に修司を妬む

母のないわれは頬杖ついているはるかむこうの海鳴りの音

十三湖は夕紫のオブラートときに羽音をたててふるえる

百年の後の五月の入り口に佇ちているらん寺山修司

銀色の糸

髪長きおとめがひとり水底の緋鯉のように座れる画廊
詩集より垂るる一条言い止しの言葉のような銀色の糸

いっしんに鴉がつつく水溜り赤き夕焼け雲を映せり

中見ゆる袋に詰めて捨てにゆくプライバシーのあまた切れ端

回収車カラコロカラコロ遠ざかるさよなら修司さよならゴッホ

わが匂い嗅ぎて離れて犬去りぬ興味あらずという貌をして

被写体の情夫の眼もて撮ると言う土門拳のこれが水谷八重子

映画館

輪になりて豊年踊りする様と聞けば楽しき万作の花

明滅のステンドグラスに青く揺れきみが一瞬消ゆるときあり

目覚むれば前頭葉は二日酔いきみと昨夜のブルーオーシャン

チロリンとメール　遠くにいるときのきみは恋人のようにやさしい

「しあわせの黄色いカステラ」きみも買い惚気話の続きはじまる

騙されたつもりでと言われ騙されたつもりで買いたるにんにく味噌美味し

魂を抜かれたような表情に映画館よりつながり出で来

墓石に朱く名前を刻まれて死後も束縛されたき女男か

袴つけしおさな鳥居をくぐりゆく父母その父母をお供に連れて

ひがみにはあらず

「三十歳《さんじゅう》になると思うとぞっとする」七十歳《ななじゅう》になる耳が聴いてる

旅行中ですと夫の声聞こゆわれに痩せ薬売る電話かも

ひがみにはあらず今どきおとめらの体の細さ抑揚のなさ

亡き母に似てくるわれの体形の足より延びてついてくる影

エレベーターに髭の男と残されて磁石のように立ちたり彼も

いっせいに路上の落ち葉立ち上がりバスの後ろを追いかけてゆく

鳴きながら雁帰り来るそれぞれの背に夕日のかけらを乗せて

厚底のサンダル履きて挫きしとはとても言えない遺影の母に

歯の麻酔とれないままに行く街は仮面をつけて歩む気のする

秋の雲

前を行く女のコートの豹の目に見つめられつつ階段のぼる

牛たんの匂いと友が立ち止まる欅通りの信号の下

駅ビルのガラスに映る秋の雲ゴンドラに乗り男が磨く

ガラス張りの檻に煙草を喫っているみな面白くなさそうな顔

夕暮れの駅前広場にうずくまる鳩ありだれかの忘れ物のように

あらよいしょよいしょと合いの手入れよと言うほんとに唄うつもりか夫は

晩餐の紳士淑女を睥睨し花咲蟹は卓上にあり

娘の指にくすぐられいしスプーンがくたり首垂るる瞬間を見つ

くしゃみ男

ひとり去りひとりまた去り地下鉄のくしゃみ男のぐるり空席

風邪ひきの重き頭がくしゃみするたびにスポンジ枕に跳ねる

仙台よりマスク消えしという噂水中歩行の列に流るる

スヌーピーのバスに一団帰りゆくガンセンターに検診終えて

隙あらば謀反起こすと企むらし胃の粘膜の下に潜みて

鮮明に見ゆる鬱の字新しき老眼鏡のピントこの辺り

ボルドー色のエナメル

引き寄せて押し込むほどにあらざるも胸に湿れるふたつの果実

哀しくも時間溜めゆく爪のため今日はボルドー色のエナメル

じゃがいもの皮剝く蔵王の雪の香を纏いて帰る男のために

また同じ場面に夫は泣いておりビデオテープを巻き戻しして

リバウンドですかとわれに言う息子しあわせ太りでござるかきみは

暗号が隠れているというようにチワワがわが手を嘗めつづけいる

赤い毛糸の手袋もうすぐ編みあがるどの子ぎつねの手にはめようか

おさがりの赤いセーターに顔うずめ仔犬のリクが夢みるころか

われの楽しみ

写し絵に顔知るのみの父が今日ルオーの道化師の表情をして

わが他に合鍵もつ者はいないのか娘がストレッチャーに運ばれてゆく

切除されし腫瘍写真に撮れと言う　震える指にシャッターを押す

点滴の速さと尿のしたたりの速さおおよそ同じと見守《まも》る

新生児室覗きに行くは看取りするわれの楽しみ娘に言わず

病院の待合室の長椅子に点滅している携帯電話

自が骨は海に撒いてと娘が言いぬ　聞こえなかった聞こえぬふりす

退院の人らし廊下の向う側看護師詰所のあたり華やぐ

ブルーシート

何千の遺体並ぶとラジオの声仙台空港近くの浜とぞ

パックごはん、水、ビスケット、チョコレート、寝袋、ホカロン、懐中電灯

手洗いに使うと夫は庭の雪掻き集めブルーシートに包む

中学校の剣道場に畳敷きストーブを焚く毛布を配る

総務班われの預かる鍵三つ食料庫のプールの緊急車両の

避難所のトイレの前に並べ置くバケツ　プールの水を張りたる

何十の薬畳に並べいる媼頭から毛布を被り

ここに居て良いのかと再三訊ねくる翁が床に潜り込む見ゆ

「回し読みしてくださいね」避難所に届けられたる夕刊配る

キャベツの芯人参の皮大根のしっぽも今日はカレーに入れる

〈女川石浜東避難所No.2―47佐藤成晃〉生存者名簿に

蠟燭の下に電気の来るを待つ原発の電力もおそらく混じる

震度6強

巨大余震来るらし来るらしびくびくと常その時を待ってる感じ

震度6強にどこかが壊れしか食べても食べても甘い物欲し

眠剤を飲みて隣に鼾かくだから私も眠剤を飲む

「四時起きして四時間並んで十リットル限定給油できました。いざ」

なめらかにわれの口より流れ出すタービンタテヤ、ミリシーベルト

窓という窓は壊れて襤褸なびく助け求める悲鳴のごとし

積まれたる瓦礫は墓標家流れ人いずなりし町を彷徨う

コンビニが目印ですとカーナビ言うそのコンビニのありしあたりか

結びたるシーツを垂らす窓のありホテルの壁は大きく撓み

瓦礫の山

一村は瓦礫となりぬ一村は細かく細かく砕かれてゆく

積まれたる瓦礫の山の頂に砂の色せる日の丸立てり

あの光る屋根が大川小学校還って来ない八十四名

南無三世諸佛為東日本大震災物故者諸霊供養塔の前

供養塔に溢るる春の花、くまのプーさん、千羽鶴、サッカーボール

校庭に壊れて残る壁の絵の銀河鉄道星空をゆく

ジョバンニもカムパネルラも還らない星座めぐりの旅に出たまま

横たわるマウンテンバイクの凹凸のタイヤの上を延びる夏草

マネキン

おそるおそる覗けば人にあらず髪長きマネキン少女まなこ見開く

さかさまになりたるバスのぼろぼろに売約済みの紙は貼られて

「猫たのむ中にエサあり」スプレーに赤く大きく書かれし車

藤の花飾る樹となり松は立つその枝その葉潮に枯れつつ

水道の蛇口ひとつが残りたる区画の隅に咲ける昼顔

道の駅「高田松原」がらんどうがらんどうに朱夏の光は溢れ

踏ん張りたる松の樹この樹踏ん張りて踏ん張りぬきたる松の樹仰ぐ

壊れたる車のエンジンルームより噴き出しているすすきコスモス

ギガギガギガ

窓枠に残るガラスの断面にギガギガギガの蒼天映る

診の文字残る建物ガラスなき窓にはためく白きカーテン

ここの人ですかと問わるチューリップ手向くと列の後ろに付けば

ことごとくへし折られたる松の樹が墓石のごとく並ぶ海岸

日の丸の徽章拾いぬ挙手の礼こころになしし後に拾いぬ

人のいぬ漁業の町の七月の空に泳いでいる鯉のぼり

ピアノ

流されてゆきたるピアノ海底にぽろんぽろんと鳴り出さないか

八月の海も一緒に持ち上げる大きな赤い船のクレーン

復興の砂煙立つ女川のうみねこの群うみねこのふん

荒涼の原にコンビニの仮店舗立ちて小さき明かりがともる

屋上に漁船乗りたる光景にもさして驚かずなりしを怖る

気仙沼復興屋台の横丁に吊るす紅白の提灯くぐる

わたくしはここよと声のするようで松の林の小径をもどる

スプリンクラーが芝生に小さき虹作る今日東北の梅雨明けの報

蓮沼のほとりにわれも黙禱す正午鎮魂のサイレン響き

死亡広告

真二つに割れたる墓碑のそれぞれに映る八月十五日の空

代々の墓と刻める石落ちて残りし台座の前におろがむ

渚辺に桔梗の花置かれありウイスキーの小さき瓶添えてあり

砂浜に捲れてのこる絨毯の赤き小花に座る冬の陽

もしやわが名前が載りてはいないかと今朝も見ている死亡広告

色少し違うタイルに補修され市立図書館今日再開す

放射能どこ吹く風の原宿のうさぎ少女の耳ゆうらゆら

妻

オレンジの線の通りに行けと言う救命救急センターと言う

「頸髄損傷頸椎骨折顔面外傷四肢麻痺」妻なるわれは告げられており

縦二つに切り裂かれたるシャツ、スパッツ戻さる血液多量に付ける

面会の用紙に記す患者との関係は「妻」これからも「妻」

お名前は?誕生日は?看護師が隣のベッドに聞いている声

血糊付くヘルメット、サングラス、ロードバイク並べてゆけばあの日の夫

「献体と決めぬ葬儀いらぬ戒名いらぬ」明日手術の夫が言いぬ

手も足も動かずなりし人の顔に蒸しタオル乗すピンクの花の

三錠の睡眠剤を飲むという生きの証の痛みと言わる

テレビの前の椅子に媼は正座して「水戸黄門」の始まるを待つ

光のまつり

美術館が隅櫓がほら観覧車が　病院の窓の外はもう秋

カーテンを引いてと病める夫が言う外は眩き光のまつり

インフルエンザの注射済ましぬ入院の夫も看取りに行く私も

旅行でも結婚式でもありません　期日前投票用紙をもらう

知りながらおそらく夫も言わずいる今日が結婚記念日のこと

この次も一緒になろうかと夫言いぬなーんちゃってなどと言わざり

また明日

また明日と握るわが手に歯を立てる病院食しか食べていない夫

夜更かしをするなチョコレート食べすぎるな病の人に言われて帰る

待つ人もなきにあたふたこの夜もいつものバスに帰ると急ぐ

冬の虹

食べさせて歯磨きをして否させてもらいて帰る夕星の下

北へ行く高速バスが停まってる　ふらりと乗ってしまうなよ足

私のベッドの脇に蒲団敷き娘は眠る家来のように

遺言を書くと夫は麻痺の手にサインペン固定のホルダーを巻く

看取りするわれに届きし春の花パステルカラーほころびてゆく

寝返りの訓練夫に残りたる力のすべてをかけて向き変う

「回復はおそらくここまで」本人とわれと娘と息子と聞きぬ

頑張っても出来ないものは出来ないと悟りし人か　冬の虹見ゆ

病院の戸口に小さくうずくまる猫よ辛いね明日も寒いよ

ふたりの歌会

取り返しのつかぬあの日のちりぢりに光を反すガラスの欠片

ウインドーにわが影映る腕を振れ胸張れもっと大きく歩め

向き替えて入れ直せよと券売機他にどのような向きがあるのか

あの鳥は遠き記憶の中のわれ群に遅れて鳴きながらゆく

でこぽんのでんでんでんでべそ一ダースりぼんの箱に送られて来ぬ

ぐいぐいと花瓶の水位下がりつつ今朝一輪の白百合ひらく

雪かむるポストの奥にひそやかに吐息のごとき「年賀欠礼」

一首なのか一句なのかと夫が問う　震える手もて書かれし一首

こんなのはどうと電話に夫が聞く　登山の歌スキーの歌ロードバイクの歌

啄木の歌は沁みるね北上川《きたかみ》の葦の若芽が萌ゆるころだよ

ありがとうございましたなんてこちらこそ　たったふたりの歌会も楽し

卓上に鳥のさえずり娘より梅が咲きぬと知らするメール

跋

内藤　明

三百首を収める『光の穂先』は、作者の二十余年の折々の感情が、てらうことなく歌の言葉となって展開されている。

すんすんすん雪割草の芽が伸びて歓喜の歌を歌ってる　ほら
蔵王峰を跨ぎてかかる春の虹熊の夫婦となりて見ている

冒頭の歌と、次の節の歌である。一首目、小さく可憐な雪割草に、「歓喜の歌」は少しオーバーにも思える。しかし、「すんすんすん」と景をとらえる作者の思いと、「ほら」という眼差しは、またぐってきた春の躍動に「歓喜の歌」を聞かずにはいられない。二首目、蔵王にはまだ雪が残っているのだろうか。あたかも冬眠の穴から出てきた熊のように、夫婦で見る春の虹は、また格別のものだろう。一首目に見るリズムの軽やかさや、二首目に見るユーモアは、明るくのびのびとした作者の歌を特徴づけるものといっていい。

歌から立ち上がってくるある楽天的で楽しい気分は、おそらく天性のものであろう。それが反映されてか、歌にはどこか軽いおかしみが漂う。

猿回しの猿の次郎と写りたるわれは次郎の子分のごとし
心因性胃潰瘍とは自分にもちゃんちゃらおかしい病名つきて
リバウンドですかとわれに言う息子しあわせ太りでござるかきみは
ひとり去りひとりまた去り地下鉄のくしゃみ男のぐるり空席

ちょっとした自己戯画化をしながら、時々の場面が、また作者を取り巻く家族の光景が、楽しく浮かんで来て、作者の口吻がそのままに伝わってくる。またそれぞれに巧むことなく言葉の工夫がなされていて、作者の知性をうかがわせる。そして「心因性胃潰瘍」を自分にふさわしくない「ちゃんちゃらおかしい」ものといいながら（この表現も大胆）、というよりそういう作者だからこそ、歌の視線は見るべきものを冷静に見て、どこか醒めた目で現実を見据えている。

母の口に粥注ぎつつわたくしの口も思わずひしゃげてしまう
癒ゆるなき証のごとく母の手を握りて見舞いの人帰りゆく
献体をせよと言われていたること弟もわれも口には出さず
墓石に朱く名前を刻まれて死後も束縛されたき女男か
袴つけしおさな鳥居をくぐりゆく父母その父母をお供に連れて

母の死は昭和の終焉と重なるようだが、亡くなる前後の歌は亡くなる者とそれを囲む人々の姿をリアルにとらえて心を打つ。そこには、人生の年輪を重ねてきた作者の、悲しみの中に現実を現実として受け入れる成熟した目がある。四、五首目は一般的なこととして詠まれている歌である。家族や親族に決して冷淡なわけではないが、どこか人間の自立や孤独への思いを見ているような歌でもある。「偏屈と言わるるも頑固つらぬきて立つべし樵は立ちつくすべし」という歌もあるように、作者にはどこか一本、まげることのできない強い意志のようなものがあり、それがしゃきっと歌を支えているのである。

そしてこんな歌もある。

駆けて来し藍色の傘樹の下の緋色の傘を連れて行きたり
ひと房のマスカット置きてその翳を眺めていたき白き大皿

一首目、恋人同士か、それとも子供だろうか。傘の動き、傘を連れて行くとだけうたって、そこにひとつの小さなドラマを感じさせる。二首目、目の前にあるのは白い大皿だけだ。そこにマスカットとその翳を空想で置く。短歌という限られた空間に、ものの動きをもってある物語を作り、また景を膨らませて一つの構図を作り上げる。短歌を楽しみながら、いろいろな可能性を求めている作者をそこに見ることができよう。寺山ワールドに惹かれていく作者をそこに見ることもできる。

さて、この歌集の末尾近くに、読者は重い歌々に真向かうこととなる。仙台に居住する作者が身辺で体験した東日本大震災と、夫のロードバイクでの事故である。

何千の遺体並ぶとラジオの声仙台空港近くの浜とぞ
ここに居て良いのかと再三訊ねくる翁が床に潜り込む見ゆ
〈女川石浜東避難所№2―47佐藤成晃〉生存者名簿に
蠟燭の下に電気の来るを待つ原発の電力もおそらく混じる
巨大余震来るらし来るらしびくびくと常その時を待ってる感じ

震度6強にどこかが壊れしか食べても食べても甘い物欲し
おそるおそる覗けば人にあらず髪長きマネキン少女まなこ見開く
真二つに割れたる墓碑のそれぞれに映る八月十五日の空
もしやわが名前が載りてはいないかと今朝も見ている死亡広告

地震の発生から、何が何だかわからないままに進んでいく時間が、リアルに歌に留められている。離れた地から見るのでなく、またヘリコプターなどで鳥瞰するのでなく、被災地のその場にあって、実際にその目で見て感じた事や物が、リアルタイムとして歌に刻まれている。「その時を待ってる感じ」「甘い物欲し」は、体験者の生な感覚といっていいだろう。最後の三首は、少し時間を経ての歌だが、被災地をめぐって、見るべきものを見ずにはいられない作者の鋭い目が感じられるとともに、最後の歌には生死を分かつ不条理なものへの思いも感じられる。震災は、作者の人生に大きな衝撃をあたえるとともに、その歌に対象へ切迫する力をあたえたに違いない。そして震災に追い打ちをかけるように、夫の瀕死の事故が続く。

面会の用紙に記す患者との関係は「妻」これからも「妻」

「献体と決めぬ葬儀いらぬ戒名いらぬ」明日手術の夫が言いぬ

手も足も動かずなりし人の顔に蒸しタオル乗すピンクの花の

食べさせて歯磨きをして否させてもらいて帰る夕星の下

ありがとうございましたなんてこちらこそ　たったふたりの歌会も楽し

手術を行ってもかつての活動的な身体に戻ることはなかったようだ。夫の身体を見つめる歌には思わず涙がにじむが、「これからも『妻』」といい、「否させてもらいて」といい、夫婦の関係が深く再認されている。そして、夫には無縁であった短歌をとおしての「ありがとうございました」には、甘い感傷でない新たに獲得された繋がりが思われる。冒頭に取り上げた熊の夫婦となって見あげた春の虹のように、作者のある向日性は、強い意志力を伴いながら、夫婦をより高い次元に向けさせているかのようだ。

　震災と夫の事故をめぐっての一連の作は、それ以前の歌の基調を変えるものだが、しかしこの一冊には一貫して現在を前向きに生きようとする作者の生が、そしてその深まりが刻まれている。『光の穂先』が多くの人に読まれることを祈ってやまない。

あとがき

タイトルの「光の穂先」は、歌集の中の一首からとった。
カメラを担いで夫と通い詰めた奥日光の、白み始めた光徳沼のほとり。薊の花に縋り付くように止まっている秋茜。全身真っ白に霜を纏ってじっと動かない。動けないでいる。やがてズミの林に斜めから光が射し始めると、翅は銀色に変わり、光の先が届いた瞬間、黄金の色に輝く。陽に当たった翅はすぐに乾き、蜻蛉は飛んでゆく。

現代短歌社賞への応募は、橄欖の先輩に声をかけていただいたことがきっかけである。
新しく歌を作るのではない、今までの歌を並べれば良いのだからと言われたが、時間的にとても無理、応募はこの次にしようと考えていた。そんなところに、一冊の歌集が送られて来た。橄欖の先輩小笠原信之さんの第一歌集である。いつも歌集のことが頭にありながら出版が延び延びになってて、まるで私の代弁をするような言葉が記されていた。先輩の歌を読みながら、私も今度は本気で纏めてみようと思った。締め切りまで十日しかなかったが、応募するということで、できるだけやってみよう。本棚から「橄欖」と「音」、所属する二つの結社誌を引き下ろし、自作をすべて読み返してみた。

読みながら、歌は心の歴史だと思った。

懐かしい歌たちは、まるで現在のように語りかけてきた。感謝の気持ちが湧いてくるのを感じた。温かく、熱いものに満たされてゆく心地がした。結社に所属していることの幸せを感じていた。

団地の公民館の短歌教室で、知識ゼロの私達をやさしく指導してくださった橄欖の生江良康先生、入会以来ご指導いただいている菅原義哉先生、深呼吸してからまた頑張れと励ましてくださった故大屋正吉先生、「音」への入会を勧めてくださった橄欖と音の会員であられた故尾内治光氏、四国訛りのやさしい「音」の玉井清弘先生、ほんわかとして憧れの内藤明先生、怒られてみたかった故武川忠一先生、津波で女川の自宅が流されながら、熱心に指導してくださっている佐藤成晃先生、頼りになる諸先輩、解りあえる友人たち。真面目とはとても言えない、ふわりふわりの私が、ともかくもこれまで、二十年以上も短歌を続けて来られたのは、多くの人たちのお蔭。改めて感謝の気持でいっぱいである。

二千首はあるであろう歌を三百首に絞るのは大変だったが、おおよそ年代順に並べて、締切日の宅配便に間に合った。

受賞のことなど最初から考えていなかったが、抜き出した三百首を核に、時間をかけて見直し、近いうちに自費出版しようと考えていた。受賞の知らせをいただいた時は、狐に抓まれたようで、しばらく信じられない気分であった。

選考の先生方はとても丁寧に読んでくださり、批評していただき、励ましのお言葉をいただいた。春日真木子先生、沖ななも先生、安田純生先生、雁部貞夫先生、外塚喬先生、本当にありがとうございました。

歌集出版の機会を与えてくださいました現代短歌社社長道具武志様に厚く御礼申し上げます。

序歌を頂戴した菅原義哉先生、解説を書いていただいた内藤明先生、ありがとうございました。

短歌賞応募を勧めてくださった先輩、ありがとうございました。

出版にあたり、現代短歌社の今泉洋子様、益本悠規様に大変お世話になりました。心から感謝申し上げます。

大衡美智子

著者略歴

1942年　新潟市生まれ
1991年　橄欖入会
1993年　橄欖奨励賞受賞
1997年　橄欖新人賞受賞
1998年　「音」入会
2006年　橄欖賞受賞

歌集　光の穂先

平成26年5月6日　発行

著　者　大衡美智子
〒981-3122　仙台市泉区加茂1-14-5

発行人　道具武志
印　刷　㈱キャップス
発行所　現代短歌社
〒113-0033　東京都文京区本郷1-35-26
振替口座　00160-5-290969
電　話　03（5804）7100

定価2000円（本体1852円＋税）
ISBN978-4-86534-026-6 C0092 Y1852E